KB080750

슬픔이 기쁨에게

슬픔이 기쁨에게

정호승 시집

창비

차 례

제1부

슬픔으로 가는 길

내 진실로 슬픔을 사랑하는 사람으로
슬픔으로 가는 저녁 들길에 섰다.
낯선 새 한마리 길 끝으로 사라지고
길가에 핀 풀꽃들이 바람에 흔들리는데
내 진실로 슬픔을 어루만지는 사람으로
지는 저녁 해를 바라보며
슬픔으로 걸어가는 들길을 걸었다.
기다려도 오지 않는 사람을 기다리는 사람 하나
슬픔을 앞세우고 내 앞을 지나가고
어디선가 갈나무 지는 잎새 하나
슬픔을 버리고 나를 따른다.
내 진실로 슬픔으로 가는 길을 걷는 사람으로
끝없이 걸어가다 뒤돌아보면
인생을 내려놓고 사람들이 저녁놀에 파묻히고
세상에서 가장 아름다운 사람 하나 만나기 위해
나는 다시 슬픔으로 가는 저녁 들길에 섰다.

슬픔을 위하여

슬픔을 위하여
슬픔을 이야기하지 말라.
오히려 슬픔의 새벽에 관하여 말하라.
첫아이를 사산(死産)한 그 여인에 대하여 기도하고
불빛 없는 창문을 두드리다 돌아간
그 청년의 애인을 위하여 기도하라.
슬픔을 기다리며 사는 사람들의
새벽은 언제나 별들로 가득하다.
나는 오늘 새벽, 슬픔으로 가는 길을 홀로 걸으며
평등과 화해에 대하여 기도하다가
슬픔이 눈물이 아니라 칼이라는 것을 알았다.
이제 저 새벽별이 질 때까지
슬픔의 상처를 어루만지지 말라.
우리가 슬픔을 사랑하기까지는
슬픔이 우리들을 완성하기까지는
슬픔으로 가는 새벽길을 걸으며 기도하라.
슬픔의 어머니를 만나 기도하라.

슬픔은 누구인가

슬픔을 만나러
쥐똥나무숲으로 가자.
우리들 생(生)의 슬픔이 당연하다는
이 분단된 가을을 버리기 위하여
우리들은 서로 가까이
개벼룩풀에 몸을 비비며
흐느끼는 쥐똥나무숲으로 가자.
황토물을 바라보며 무릎을 세우고
총탄 뚫린 가슴 사이로 엿보인 풀잎을 헤치고
낙엽과 송충이가 함께 불타는 모습을
바라보며 가을 형제여
무릎으로 걸어가는 우리들의 생
슬픔에 몸을 섞으러 가자.
무덤의 흔적이 있었던 자리에 숨어 엎드려
슬픔의 속치마를 찢어 내리고
동란에 나뒹굴던 뼈다귀의 이름
우리들의 이름을 지우러 가자.
가을비 오는 날

쓰러지는 군중들을 바라보면
슬픔 속에는 분노가
분노 속에는 용기가 보이지 않으나
이 분단된 가을의 불행을 위하여
가자 가자.
개벼룩풀에 온몸을 비비며
슬픔이 비로소 인간의 얼굴을 가지는
쥐똥나무숲으로 가자.

슬픔이 기쁨에게

나는 이제 너에게도 슬픔을 주겠다.
사랑보다 소중한 슬픔을 주겠다.
겨울밤 거리에서 귤 몇개 놓고
살아온 추위와 떨고 있는 할머니에게
귤값을 깎으면서 기뻐하던 너를 위하여
나는 슬픔의 평등한 얼굴을 보여주겠다.
내가 어둠속에서 너를 부를 때
단 한번도 평등하게 웃어주질 않은
가마니에 덮인 동사자가 다시 얼어 죽을 때
가마니 한장조차 덮어주지 않은
무관심한 너의 사랑을 위해
흘릴 줄 모르는 너의 눈물을 위해
나는 이제 너에게도 기다림을 주겠다.
이 세상에 내리던 함박눈을 멈추겠다.
보리밭에 내리던 봄눈들을 데리고
추워 떠는 사람들의 슬픔에게 다녀와서
눈 그친 눈길을 너와 함께 걷겠다.
슬픔의 힘에 대한 이야기를 하며

기다림의 슬픔까지 걸어가겠다.

슬픔 많은 이 세상도

슬픔 많은 이 세상도 걸어보아라.
첫눈 내리는 새벽 눈길 걸을 것이니
지난가을 낙엽 줍던 소년과 함께
눈길마다 눈사람을 세울 것이니
슬픔 많은 이 세상도 걸어보아라.
기다려도 기다려도 오지 않던 사람들이
눈사람을 만나러 돌아올 것이니
살아갈수록 잠마저 오지 않는 그대에게
평등의 눈물들을 보여주면서
슬픔으로 슬픔을 잊게 할 것이니
새벽의 절망을 두려워 말고
부질없이 봄밤의 기쁨을 서두르지 말고
슬픔 많은 이 세상도 살아보아라.
슬픔 많은 사람끼리 살아가면은
슬픔 많은 이 세상도 아름다워라.

마음이 가난한 사람들에게

슬픔의 가난한 나그네가 되소서.
하늘의 별로서 슬픔을 노래하며
어디에서나 간절히 슬퍼할 수 있고
어디에서나 슬픔을 위로할 수 있는
슬픔의 가난한 나그네가 되소서.
슬픔처럼 가난한 것 없을지라도
가장 먼저 미래의 귀를 세우고
별을 보며 밤새도록 떠돌며 가소서.
떠돌면서 슬픔을 노래하며 가소서.
별 속에서 별을 보는 나그네 되어
꿈속에서 꿈을 보는 나그네 되어
오늘밤 어느 집 담벼락에 홀로 기대보소서.

파도타기

눈 내리는 겨울밤이 깊어갈수록
눈 맞으며 파도 위를 걸어서 간다.
쓰러질수록 파도에 몸을 던지며
가라앉을수록 눈사람으로 솟아오르며
이 세상을 위하여 울고 있던 사람들이
또 이 세상 어디론가 끌려가는 겨울밤에
굳어버린 파도에 길을 내며 간다.
먼 산길 짚신 가듯 바다에 누워
넘쳐버릴 파도에 푸성귀로 누워
서러울수록 봄눈을 기다리며 간다.
다정큼나무숲 사이로 보이던 바다 밖으로
지난가을 산국화도 몸을 던지고
칼을 들어 파도를 자를 자 저물었나니
단 한번 인간에 다다르기 위해
살아갈수록 눈 내리는 파도를 탄다.
괴로울수록 홀로 넘칠 파도를 탄다.
어머니 손톱 같은 봄눈 오는 바다 위로
솟구쳤다 사라지는 우리들의 발.

사라졌다 솟구치는 우리들의 생.

눈사람

사람들이 잠든 새벽 거리에
가슴에 칼을 품은 눈사람 하나
그친 눈을 맞으며 서 있습니다.
품은 칼을 꺼내어 눈에 대고 갈면서
먼 별빛 하나 불러와 칼날에다 새기고
다시 칼을 품으며 울었습니다.
용기 잃은 사람들의 길을 위하여
모든 인간의 추억을 흔들며 울었습니다.

눈사람이 흘린 눈물을 보았습니까?
자신의 눈물로 온몸을 녹이며
인간의 희망을 만드는 눈사람을 보았습니까?
그친 눈을 맞으며 사람들을 찾아가다
가장 먼저 일어난 새벽 어느 인간에게
강간당한 눈사람을 보았습니까?

사람들이 오가는 눈부신 아침 거리
웬일인지 눈사람 하나 쓰러져 있습니다.

햇살에 드러난 눈사람의 칼을
사람들은 모두 다 피해서 가고
새벽 별빛 찾아나선 어느 한 소년만이
칼을 집어 품에 넣고 걸어갑니다.
어디선가 눈사람의 봄은 오는데
쓰러진 눈사람의 길 떠납니다.

맹인 부부 가수

눈 내려 어두워서 길을 잃었네
갈 길은 멀고 길을 잃었네
눈사람도 없는 겨울밤 이 거리를
찾아오는 사람 없어 노래 부르니
눈 맞으며 세상 밖을 돌아가는 사람들뿐
등에 업은 아기의 울음소리를 달래며
갈 길은 먼데 함박눈은 내리는데
사랑할 수 없는 것을 사랑하기 위하여
용서받을 수 없는 것을 용서하기 위하여
눈사람을 기다리며 노랠 부르네
세상 모든 기다림의 노랠 부르네
눈 맞으며 어둠속을 떨며 가는 사람들을
노래가 길이 되어 앞질러 가고
돌아올 길 없는 눈길 앞질러 가고
아름다움이 이 세상을 건질 때까지
절망에서 즐거움이 찾아올 때까지
함박눈은 내리는데 갈 길은 먼데
무관심을 사랑하는 노랠 부르며

눈사람을 기다리는 노랠 부르며
이 겨울 밤거리의 눈사람이 되었네
봄이 와도 녹지 않을 눈사람이 되었네

구두 닦는 소년

구두를 닦으며 별을 닦는다.
구두통에 새벽별 가득 따 담고
별을 잃은 사람들에게
하나씩 골고루 나눠주기 위해
구두를 닦으며 별을 닦는다.
하루내 길바닥에 홀로 앉아서
사람들 발 아래 짓밟혀 나뒹구는
지난밤 별똥별도 주워서 담고
하늘 숨은 낮별도 꺼내 담는다.
이 세상 별빛 한 손에 모아
어머니 아침마다 거울을 닦듯
구두 닦는 사람들 목숨 닦는다.
목숨 위에 내려앉은 먼지 닦는다.
저녁별 가득 든 구두통 메고
겨울밤 골목길 걸어서 가면
사람들은 하나씩 별을 안고 돌아가고
발자국에 고이는 별바람 소리 따라
가랑잎 같은 손만 굴러서 간다.

어느 청년의 애인에게

눈 내리는 새벽을 향하여 기도하라.
착하게 살기 위하여
너무 일찍 태어났던 청년은 오늘
슬픔을 향하여 칼을 던지고
새벽 눈길 위에 홀로 쓰러져 우나니
애인이여
마음이 가난한 어느 청년의 애인이여
눈은 여전히 슬픔 위에 쌓이는데
슬픔에 대하여 혹은 운명에 대하여
그대는 더이상 말하지 말고
눈 내리는 새벽을 향하여
다만 홀로 기도하라.

이민 가는 자를 위하여

이민 가는 자를 위하여 이 가을에
나는 결코 손을 흔들지 않았다.
누운 풀들이 일어서지 않은 들녘 너머로
어제 진 반달이 떠오르기 전에
서둘러 무심히 떠나가는 자를 위하여
나는 결코 눈물을 흘리지 않았다.
떠나보내는 친구와 친척들을 바라보며
한마리 귀뚜라미처럼 울고 말았을 뿐
이민 가는 자의 꿈을 위하여 이 가을에
나는 결코 간절히 기도할 수 없었다.
그들의 새벽은 이제 우리들의 새벽이 아니므로
그들의 가슴에 떠오른 새벽별은
이제 우리들의 새벽하늘에 빛나지 않으므로
그들이 사라지는 가을 하늘을 바라보며
이제는 누가 남을 것인가 이 가을에
쓰러졌다 일어서는 들풀을 따라
나는 결코 손을 흔들며 울 수 없었다.

눈발

눈발이 날린다.
이민 가는 자의 이름을 부르며
눈발이 날린다.
이제는 이별의 슬픔도 저물어
눈물을 흘리며 구태여
손은 흔들지 않아도 좋으니
어머니 밤새워 켜놓았던 등불을 들고
떠나가라 떠나가라 눈발이 날린다.
이민 가는 자의 어깨 위에
이민 가는 아이의 돌아보는 가슴속에
눈꽃을 피우며 새벽이 지나도록
이민 가는 자의 이름을 부르며
제각기 붐비다가 제각기 흩어진다.

제2부

풀잎

풀잎 위에 앉아서 소년이 운다.
낙엽 위 동전 줍던 가을은 가고
멧새 한마리 하늘 밖으로 사라지는데
서울의 풀잎 위에 소년이 운다.
지난가을 어머니를 생각하는지
풀잎 끝 잠자리를 기다리는지
단 하루의 미래를 사는 사람 곁에서
소년의 울음소리가 서울을 울린다.
서울에는 지금 바람이 불어
인간을 가장 슬프게 하는 바람이 불어
길이란 모든 길은 사라지는데
풀잎 위에 앉아서 소년이 운다.

새벽별

서울에서 가장 가난한 사람들아
별을 바라보는 마음으로 일생을 살자.
인간의 집이 있었던 산 위에 올라
새벽별을 바라보며
삶이라는 직업에 대하여 생각하자.
고향으로 돌아가는 밤기차를 놓치고
새벽 거리의 가랑잎으로 흩어질지라도
어머니 무덤가에 사라졌다 빛나는
새벽별을 바라보며
별을 사랑하는 사람들을 노래하며 살아가자.
오늘밤 사람들이 숨어 떨던 어둠속에는
고향으로 가는 별이 스치운다.
별 속에는 가없이 꿈이 흐른다.
서울에서 가장 가난한 사람들아
꿈을 받으라.
고향으로 흐르는 별을 찾아서
별을 바라보는 마음으로 일생을 살자.

새벽 눈길

그대 새벽 눈길을 걸어
인생의 밖으로 걸어가라.
눈사람도 없이 눈 내리는 나라에서
홀로 울며 걸어간 발자국을 따라
그대 눈 내리는 인생의 눈길 밖을 걸어가라.
기다림처럼 아름다움이 없다는
인간의 말을 기억하며
눈 내리는 인생의 눈길 밖에서
그대 눈 속에 한 인간의 일생을 머물게 하라.
눈 덮인 무덤가에 엎드려 흐느끼는
인간의 울음소리를 따라
맹인이 맹인을 인도하는 나라의 눈길을 걸어
끝없이 새벽 눈길을 걸어
그대 눈 내리는 인생의 눈길 밖을 걸어가라.

거리에서

저녁놀도 없이 해 지는 나라
오늘도 해가 진다 어디로 가나
집 없는 사람들의 집을 위하여
꿈도 없이 별 돋으면 어디로 숨나
젊은 넝마주이와 함께 걸으며
오늘밤 한잔 술도 없이 어디로 가나
우리 죽어 별에 가서 묻히기 위해
언제 다시 헤어질 때 너를 만나나
죽어가는 아기를 안은 어머니
촛불 하나 켜들고 강가로 간다
홀로 새벽 강가에서 우는 사람들
눈물의 칼을 씻고 바다로 간다
집 없는 사람들의 새벽이 되기 위해
풀잎들은 낮게 낮게 몸을 눕힌다
아침놀도 없이 해 돋는 나라

겨울밤

안아주세요 곧 새벽이에요
저는 결코 당신을 저버리지 않았어요
첫닭이 먼저 목놓아 흐느끼고
총총걸음으로 새벽별이 떠나가요
안아주세요 부디 저를 겁탈하여주세요
채우면 채울수록 비어 있는 잔을
슬픔으로 가득히 채워주세요
희망을 품고 죽은 사람들의 희망과
그리운 사람들의 그리운 이름들을
가득가득 내 잔에 채워주세요
슬픔에 기대어 사는 사람의
슬픔을 오늘밤 만나러 가게
세상 모든 무관심을 만나러 가게
안아주세요 제발 목의 칼을 벗겨주세요
내 가슴에 내리는 봄눈을 맞으며
사람들은 들녘에서 말없이 돌아오는데
슬픔의 마지막 옷을 벗겨주세요
저는 결코 당신을 저버리지 않았어요

별

별에다 입술을 대어보아라.
서로 사랑한다 말하지 않게 된다.
당신의 문패가 지구 아래로
호올로 툭 떨어져내릴 때
서로 미워한다 말하지 않게 된다.
사랑에 기대어 사는 사람들이
슬픔을 만든 산에 가보아라.
서로 사랑한다는 말만 쌓이어
흰 산새 등 위에 슬픔은 엎드린다.
사랑한다 사랑한다 말하는 사람들은
별이 보이지 않아 산을 만든다.
홀로 있는 당신이 여럿 있어도
별에다 가슴을 대어보아라.
당신의 가슴이 사과 한알로 떨어질 때
서로 사랑하라 말하지 않게 된다.

청량리에서

당신에게 동정(童貞)이 몇개 있다면
지금 모두 나에게 주시겠어요?
나에게도 처녀성이 몇개 있다면
지금 모두 당신에게 드리겠어요.

그리움으로만 어디 옷을 벗나요.
태어날 때부터 나는
숫처녀가 아니었지만
눈물과 눈물끼리 간통하는 밤이 오면
기다림만으로 어디 옷을 입나요.

당신이 내 알몸만 원하신다면
당신이 처음으로 어머니 아닌
여자의 젖가슴에 안기겠다면
아지랑이 잡으러 뛰어가던 도련님
그믐밤 솔밭으로 달려오세요.

당신은 밝은 대낮 길바닥에서

나에게 강간을 당하고 만 남자.
그림자만 그림자를 강간하는 밤이에요
놀다 가세요 우리나라에.

첫사랑

저의 첫사랑을 팔겠습니다.
첫사랑을 사고파는 당신들에게
아버지의 첫사랑도 훔쳐 팔겠습니다.

가난한 첫날밤에 들어왔던 도둑이
첫사랑을 무덤 밖에 끌어내어서
속치마를 벗기고 바다에 던집니다.

첫사랑이 바다로 가서 섬이 된다면
어머니의 첫사랑도 팔겠습니다.
항상 웃지 않는 당신의 손에
간통죄 지은 젖가슴을 올려놓겠습니다.

첫사랑은 비가 와도 비에 젖지 않습니다.
겨울이면 첫사랑은 눈사람을 만듭니다.
사랑으로 사랑을 낫게 할 수 없습니다.

일평생 잠을 자지 않은 당신이

세상 모든 첫사랑을 위로할 수 있습니까.
슬픔으로 슬픔을 잊게 할 수 있습니까.

첫사랑의 어깨 위에
흰 비가 내릴 때
우산으로 이 세상을 가리었으나
세상은 우산 밖에 언제나 있습니다.

헤어짐을 위하여

잊어줘.
내가 처음 처녀성을 빼앗긴 때를
당신의 오른손과 나의 왼손이
다정히 수갑 차고 걸어간 때를

잊어줘.
태양 아래 걷는 사람 하나도 없고
가난한 자는 또다시 가난하여짐을
착한 가을 남자들만 창녀에게 쌓임을

잊어줘.
기다릴 수 없다고 말하기 위하여
토막 낸 갈비뼈를 강물에 내던지고
세상 모든 가로수를 껴안고 울었음을

잊어줘.
함박눈이 엎드린 바다 위에 엎드려
죽여도 죽지 않는 침묵을 또 죽이고

어머니를 어머니라 부르지 않았음을

잊어줘.
당신이 아직 만일 숫처녀라면
아름다움을 위하여 죽음을 쓰다듬는
가마니에 덮여 있는 저 창녀의 시체를

잊어줘.
지난여름 검게 탄 하나님의 얼굴을
이마 위에 흰 성기(性器)가 달려 있음을

다시 헤어짐을 위하여

잊을게요 서방님.
피난민의 봇짐 위에 퍼붓던 소나기도
죽은 어미 젖꼭지를 빨며 울던 젖먹이도
잊을게요 서방님.
다락 속에 숨어 있다 겁탈당한 언니도
나룻배에 피난민을 실어 나른 뱃사공도
아직도 이기고 돌아오지 않는 사람도
이젠 정말 잊을게요 서방님.
어디로 가실까요 사막으로 가실까요
아랫도리로 가실까요 겨드랑이로 가실까요
피에 물을 탈까요 물에 피를 탈까요
무엇을 드릴까요 서방님.
아버지도 모르고 태어났던 서방님.
뒷모습만 드릴까요 헤어짐만 드릴까요
숫처녀의 발가락을 잘라 드릴까요
과부의 발바닥을 벗겨 드릴까요
그믐밤에 첫사랑을
보름밤에 짝사랑을 훔쳐 드릴까요

무서워 무서워요 불을 켜요 서방님.
서방질을 하게 하는 서방님도 잊을게요
시아버질 독살한 맏며느리도
아들이 아버지를 쏘아 죽인 보리밭도
옷걸이에 걸려 있는 과부의 갈비뼈도
잊을게요 잊을게요 서방님.

용산역에서

우리 서로 배반하고
어디로 가야 할지
술 취한 사내들은 돌아와주십시오.
웃음으로 죽음을 쓸어안아주십시오.

눈썹을 뽑고 허옇게 손톱을 뽑고
웃으면서 우리가 죽기까지는
술 취하지 않은 사낸 돌아가시고
울지 않은 사내들은 어서 오십시오.

웃음에도 죽음이 기다리고 있어서
우리들의 웃음은 바다에도 못 갑니다.
웃음이 바다에 나가 울고 있으면
바다가 일제히 먼저 웃었습니다.

물이 다시 산 위로 흘러갈 때에
기다린 자는 우릴 먼저 돌로 치십시오.
웃음으로 우리를 죽이고 있는

낙동강과 대동강을 함께 안아주십시오.

우리 이제 헤어져서
어디로 가야 할지
초승달이 기울던 여인숙에서
예수님의 애인을 만난 일은 있습니다.

첫눈

첫눈이 내린다 귀를 파묻자.
감옥에서 아이를 낳은 처녀여.
지난가을 한사람 조객이 찾아와
희디흰 국화 송이 떨구고 가더니
첫눈이 내린다 촛불을 켜자.
기다리지 않아도 이 세상 처녀들은
첫눈을 바라보며 첫아이를 낳는다.
냇가에 버려진 갓난아기 손 위에도
감옥의 지붕 위 가을벌레 어깨에도
첫눈이 내린다 용서하여라.
지금 첫눈 내리는 바닷속에는
북한 어부의 딸이 죽어서
남한 어부의 첫아들이 죽어서
알몸으로 처음 껴안고 있다.
돌아오라 돌아오라 첫눈이 내린다.
뒷모습을 감추고 걸어가는 남자여.
사랑한 죄는 무죄가 아니더냐
기다린 죄도 무죄가 아니더냐

사랑에게

사랑아 우리에게 죽음을 달라.
팔짱 낀 우리들의 팔을 잘라서
팔 없는 너에게 하나씩 주마.
수갑 채워져 햇빛 속을 걸어서 왔던
우리들의 두 손목도 잘라서 주고
가장 멀리 걸었던 발도 끊어서
걸을 수 없던 너를 이제 걷게 해주마.

사랑아 우리에게 무덤을 달라.
여자들의 무덤에는 여자만 묻고
남자들의 무덤에는 남자만 묻어
그대가 여자들의 남자가 되고
그대가 남자들의 여자가 되어
우리를 끝까지 가난하게 하라.
가난한 부자의 마음이게 하라.

밤기차를 탄다

밤기차를 탄다 피를 팔아서
함박눈은 내리는데 피를 팔아서
뚝배기에 퍼담긴 순두부를 사 먹고
어머님께 팥죽 한그릇 쑤어 올리러
동짓날 밤기차를 탄다
눈이 내린다

눈길 위에 뿌려진 피는 몰래 감추고
외로웠던 피는 그 추억마저 팔아서
피막이풀 털동지풀 피뿌리꽃을 만나러
바늘 자국 무수한 혈맥을 찾아
밤기차는 달린다
혈충(血蟲)들은 달린다

캄캄한 차창 속 지쳐 잠든 얼굴 위에
푸르게 굳은 내 매혈 자국 숨기고
신발꿈 불난꿈 포승으로 묶인 꿈의
완강하게 내리뻗은 굴속을 지나

어머님께 고이 드릴 흰 고무신 사들고
달리면 달릴수록 어지러운
빈혈의 세상

흰 벽마다 핏자국이 죽순처럼 솟아나던
채혈실 문밖에서 서성이던 가시내는 지금
어느 문을 두드리며 울고 있을까
지금쯤 눈 내리는 친정길 걷고 있을까
타작마당에 엎드린 귀뚜리처럼
흐느끼며 빈 어깨 들먹이고 있을까

낯익은 객꾼들과 골목마다 헤매다가
초상집 찾아가서 술을 마시고
어머니를 만나러 피를 팔아서
눈 위에 뿌릴 수 없는 피 모두 팔아서
밤기차는 달린다
함박눈은 내린다

제3부

바다와 피난민

피난민들이
바다에 빠진 피난열차를 건진다.
피난열차 그 빽빽한 지붕 위에서 떨어뜨린
할아버지 흰 고무신 건져 신고 걷는다.
중공군을 껴안고 죽은 병사의
피 젖은 군화를 신고
바다도 따라와 철벅철벅 걷는다.
부두를 달리는 피난민의 아이들은
실명용사(失明勇士) 지팡이 끝에 타오르는
저녁놀 속으로 재빨리 사라지고
부서진 대동강 철교 위를 건너오신 아버지가
바다를 향하여 돌을 던진다.
우르르 피난민들이 달려가
바다를 숟가락으로 뜬다.

촛불을 들고 거울 밖으로

죽은 그대 켜놓고 간 촛불을 따라
더듬더듬 거울 속을 따라들어가
사과나무 새들의 흰 새똥이
촛물처럼 떨어지는 거울 밖으로
치마폭에 고인 눈물 버릴 수 없다.
촛불을 들고 거울 밖으로
울며 울며 나오는 어린 소경의
봄밤 피리 소리 들을 수 없다.
피리 불던 입술이 굳고 굳어서
바늘 찔린 손톱마다 너무 아파서
이제는 피리 구멍 막을 수 없다.
어느날 거울 속에 돌이 날아와
깨어진 조각마다 흩어진 불꽃.
지팡이는 타서 오직 재가 되어서
웅성웅성 봄눈 내리는 거울 조각 밖으로
지팡이 두드리며 찾아갈 수 없다.

어느날 밤 언덕이

어느날 밤 언덕이
감옥 속으로 기어들어와
수인(囚人)들처럼 드러누워 뒤척이고
언덕 위를 날던 들새들이
감옥을 조금씩 느티나무숲으로 옮긴다.

보름달이 떠 있는 숲 속에는
조랑말을 몰고 한 소년이 지나가고
감옥의 쥐들이 어느새 빠져나가
소년의 앞을 가로질러 달린다.

걸어도 걸어도 감옥 속만 걸어가던
수인들이 꾸역꾸역 언덕 위에 모여들고
언덕은 조금씩 느티나무숲 속으로 걸어간다.

숲 속에는
감옥으로 오는 사람과
감옥에서 나가는 사람이

서로 잠시 쳐다보고 헤어진다.

두 마을이 날마다

산 위에 있는 마을이 아침이면
산 아래 있는 마을로 내려와
산 아래 마을이 되어버린다.
산 위에 있던 마을의 고양이들이
산 아래 마을의 쥐들을 잡아먹고
마을 사람들은 아무도 보이지 않는다.
산그림자만 온종일 마을을 쓰다듬다가
소말뚝에 매여 있고
산 위에 있던 마을의 밥 짓던 연기와
산 아래 마을의 밥 짓던 연기가
솔밭에서 만나 울며 싸운다.
마을에는 아무도 찾아오는 사람조차 없고
산 아래 있는 마을도 저녁이면
산 위에 있는 마을로 올라가
산 위의 마을이 되어버린다.
산 아래 있던 마을의 물이
산 위의 마을의 불을 삼켜버리고
사람도 살지 않는 두 마을이

날마다 서로 산을 오르내린다.

산으로 가는 귀

홀로 있기 위하여 귀를 자르니
잘린 내 귀가 산으로 간다.
찾아오는 사람 없는 언덕 위에서
찾아오지 않는 사람 기다리다가
귀만 홀로 피 흘리며 산으로 간다.
마음이 가난해서 슬픈 사람아
흰말을 몰고 산속을 걷던
청년도 말의 귀를 잘라버리고
잘린 귀들끼리 산으로 간다.
산으로 가는 내 귓속엔
이 세상 가난한 아버지들이
구멍가게 앞에서 몇개의 사과를 사고
추운 밤길 저 홀로 걷던 자들도
귓속에서 처음 만나 웃고 나온다.
마음이 가난해서 우는 사람아
슬픔을 만나도 슬프지 않은
이 세상 착한 귀는 모두 잘리어
산길 가는 내 귀를 앞질러 간다.

귀를 자른 사람들의 잘린 귀마다
산새도 살지 않는 산으로 가서
산새 되어 아무도 듣지 않는 노래를
늘 혼자 있으면서 늘 함께 부른다.

낙산(落山)을 오르며

죽고 싶어도 죽지 못하고
산이란 산은 모두 무너지기만 할 뿐
바다가 산이 되고
산이 바다가 되지 않는다.

드디어 산에 올라도
바다마저 이제는 보이지 않고
산속에 숨어 있어도
머리카락 보일라 꼭꼭 숨어 있어도
산은 끝내 무너지며 들키고 만다.

산이 처음 산이 되던 날
산딸기도 처음 산딸기가 되었고
산새도 처음 산새 되어 날았으나
북악(北岳)도 무너지고 도봉(道峰)도 무너지고

산속에 사는 사람들은
산이 무너지는 소리조차 듣지 못하고

산은 더 작은 산이 되어
산국화도 벼랑도 장승도 쫓겨간다.

산이 바다가 되고
바다가 산처럼 우뚝 서는 날까지
죽고 싶어도 죽지 못하고
어느날 산에 걸렸던 무지개가
토막토막 쪼개져 시궁창을 흐른다.

넥타이를 맨 그리스도

넥타이를 매어라 봄이다 사람들아
알몸 위에 넥타이 매고 걸어다니는
나를 한번 긍휼히 실눈으로 바라보라.
내가 무덤 밖을 나와서 최초로 한 일은
백화점의 넥타이를 골라 맨 일이고
알몸 위에 거룩하게 넥타이 매고
종로 거리 웃으면서 쏘다닌 일이다.
다투어 밤이면 강가로 나와
여보, 여보, 날 부르며 우는 사람들아
봄밤이다 오늘밤 서방님의 봄밤이다.
눈물의 힘으로 거짓의 힘으로
비겁하게 순결한 알몸 위에
거룩한 넥타이 하나 매고 걸어라.
벌거벗은 이 세상
넥타이 하나로 가릴 수만 있다면
버림받은 내 이름과 피곤한 동정(童貞)을 빌어
무덤으로 가는 길을 사랑할 수 있다면
넥타이를 매어라 알몸 위에 삐뚜르게

동쪽으로 조금씩 삐뚜르게 매어라.
넥타이핀에 꽂혀 떠는 그대 어린 아들들
나와 함께 울며 떠나는 봄이다 봄밤이다.

꿀벌

네가 나는 곳까지
나는 날지 못한다.
너는 집을 떠나서 돌아오지만
나는 집을 떠나면 돌아오지 못한다.

네 가슴의 피는 시냇물처럼 흐르고
너의 뼈는 나의 뼈보다 튼튼하다.
향기를 먹는 너의 혀는 부드러우나
나의 혀는 모래알만 쏘다닐 뿐이다.

너는 우는 아이에게 꿀을 먹이고
가난한 자에게 단꿀을 준다.
나는 아직도 아직도
너의 꿀을 만들지 못한다.

너는 너의 단 하나 목숨과 바꾸는
무서운 바늘침을 가졌으나
나는 단 한번 내 목숨과 맞바꿀

쓰디쓴 사랑도 가지지 못한다.

하늘도 별도 잃지 않는
너는 지난겨울 꽁꽁 언
별 속에 피는 장미를 키우지만
나는 이 땅에
한그루 꽃나무도 키워보지 못한다.

복사꽃 살구꽃 찔레꽃이 지면 우는
너의 눈물은 이제 다디단 꿀이다.
나의 눈물도 이제 너의 다디단 꿀이다.

저녁이 오면
너는 들녘에서 돌아와
모든 슬픔을 꿀로 만든다.

꼽추

마침내 아침이 오면
너의 등에는 장미가 피고
나의 등에는 버섯이 핀다.

너는 등에 푸른 산을 가꾸고
나는 등에 나의 무덤 지고 다닌다.

나는 금은방에 빛나는 보석을 사고
너는 풀잎 위에 구르는 이슬을 딴다.

너는 어머니를 위하여 길을 쓸지만
나는 아직 누굴 위해 길을 쓸 줄 모른다.

너는 피와 눈물을 훔치지 않고
어린 걸인들을 위하여 밥을 데운다.

아내와 아이들의 웃음을 먹고
네가 길을 떠나면 머나먼 산길.

66

나는 집 앞 골목길도 벗어나지 못하고
우는 아이 울음도 닦아주지 못한다.

너의 등 뒤로 숨을 자는 다 숨고
너의 피리 소리에 춤출 자는 다 춤춘다.

혼혈아에게

너의 고향은 아가야
아메리카가 아니다.
네 아버지가 매섭게 총을 겨누고
어머니를 쓰러뜨리던 질겁하던 수수밭이다.
찢어진 옷고름만 홀로 남아 흐느끼던 논둑길이다.
지뢰들이 숨죽이며 숨어 있던 모래밭
탱크가 지나간 날의 흙구덩이 속이다.

울지 마라 아가야 울지 마라 아가야
누가 너더러
우리의 동족이 아니라고 그러더냐
자유를 위하여 이다지도 이렇게
울지도 피 흘리지도 않은 자들이
아가야 너의 동족이 아니다.
한국의 가을 하늘이 아름답다고
고궁을 나오면서 손짓하는 저 사람들이
아가야 너의 동족이 아니다.

초승달 움켜쥐고 키 큰 병사들이
병든 네 엄마 방을 찾아올 때마다
너의 손을 이끌고 강가로 나가시던 할머니에게
너는 이제 더이상
묻지 마라 아가야
그리울 수 없는 네 아버지의 모습을
꼭 돌아온다던 네 아버지의 거짓말을
묻지 마라 아가야

전쟁은 가고
나룻배에 피난민을 실어 나르던
그 늙은 뱃사공은 어디 갔을까
학도병 따라가던 가랑잎같이
떠나려는 아가야 우리들의 아가야
너의 조국은 아프리카가 아니다.
적삼 댕기 흔들리던 철조망 너머로
치솟아오르던 종다리의 품속이다.

종이배

　내가 생각한 전쟁 속에는 북한 소년이 띄운 종이배 하나 흐르고 있습니다. 아들의 마지막 눈빛이라도 찾기 위하여 이 산 저 산 주검 속을 헤매다가 그대로 산이 되신 어머니의 눈물강을 따라, 소년의 종이배가 남쪽으로 흐릅니다.

　초가지붕 위로 떠오르던 눈썹달도 버리고, 한마리 물새도 뒤쫓지 않는, 돌아오지 않을 길을 종이배는 떠납니다. 빠른 물살을 헤치며 가랑잎들에게, 햇빛을 햇빛, 슬픔을 슬픔이라 말하는, 어머니의 고향으로 돌아가자 속삭이며, 뱃길을 찾아 기우뚱기우뚱 전쟁과 평화를 싣고, 북한의 모든 가을 강물 소리를 싣고, 어제 내린 비안개를 뚫고 갑니다.

　녹슨 철로 위에 뻐꾸기 울음 부서지는 이름 모를 능선과 골짝을 지나, 피난민들이 몰려가던 논두렁, 대바구니 속에 버려져 울던 갓난아기의 울음소리와 총 맞은 풀벌레들의 신음 소리를 들으며, 눈물 냄새 묻어나는 휴전선을 지나, 무관심을 나누며 평화로운 사람들의 가슴속을 돌아, 종이배는 우리들의 마음에 와닿았습니다.

햇빛 나는 마을마다 사람들이 모두 나와 손을 흔들고, 종이배는 어머니를 불러봅니다. 반짝이는 강물 따라 아이들이 반짝이며 신나게 기쁨의 팔매질을 하면, 햇살같이 나는 조약돌이 종이배에 내려앉고, 종이배는 강물 속 깊이깊이 흐르며, 또 한번 어머니를 불러봅니다.

어머니. 내가 생각한 평화로운 전쟁 속에 가을이 오면, 해마다 우리나라의 소년들은 종이배를 띄웁니다. 모든 인간의 눈물을 닦아줄 한 소년을 태우고, 종이배는 머나먼 바다로 길 떠납니다.

무악재

기다려라 간다
무악재를 넘는다
새벽 동냥을 떠나는 소년의 발소리를 따라
너를 찾으러
겨울밤 언덕 밖에 쫓기어 서서
울고 있는 너를 찾으러

간다
무악재를 넘는다
나는 너를 저버리지 않았으므로
나는 결코 그 누구도 저버릴 수 없으므로
분명히 너는 살아야 하고
나도 살아야 하므로
살아온 설움의 고요함을 깨뜨려야 하므로

기다려라 부디
기다림에 묻은 목마른 먼지를 털고
더이상 우리들의 삶을 위하여

너는 이제 너 홀로 통곡하지 말아라
눈물은 기다림보다 멈출 수 없고
우리들은 눈물로 지탱할 수 없나니

기다려라 부디
흰 들녘 가지 끝에 눈송이로 휘날리는
너를 찾아서
간다
무악재를 넘는다

소문

그는 곧 돌아온다고 한다.
납북 어부들이 돌아오듯 첫눈이 내리면
흰 소금을 뿌리며
눈사람으로 그가 곧 돌아온다고 한다.

두번 다시 묶일 수 없는 사슬을 풀고
기다림이란 기다림은 모두 거두어
그 아무도 돌아올 수 없는 새벽 눈길을
눈보라로 휘날리며 달려온다고 한다.

잠자는 지게꾼의 잠 속을 지나
피난길에 울던 민들레를 만나고
여공들이 지나가던 골목을 돌아
눈물 속에 바위를 던지며
당당히 그가 돌아온다고 한다.

가을 밝은 대낮에도 손을 더듬던
빼앗긴 우리들의 사랑을 위해

한마리 겨울새에 지나지 않는
애비들의 기댈 수 없는 그리움을 위해

분단의 철조망을 모두 거두어
눈사람도 없는 저 우리들의 눈길을
그가 먼저 늠름히 걸어간다고 한다.
눈 내리는 새벽 바다 위로 우리들을 이끌고
그가 먼저 당당히 걸어간다고 한다.

제4부

바다에서

바다를 퍼올리는 여인아.
울고 있는 손가락으로
저 새벽 바다를 퍼올리는 여인아.
오직 한번 가슴에다 퍼올리기 위하여
돌보다 무거운 눈물 하나
끝끝내 퍼올리고 우는 여인아
퍼올린 바다들이 풀잎 위에 모여 앉아
눈물 속 꿈들을 건져내어 씻었나니
갈매기 한마리 그 꿈속에
바다를 입에 물고 날아와 울었나니
바다를 퍼올리는 여인아.
용서보다 깊은 바다 위로
밤마다 보름달을 토해내는 여인아.

눈길

가야지.
버림받은 이 계집의 술집으로 가야지.
눈물이 끝난 사내들이 찾아오면
젓가락 두드리고 눈이 내리고
이 한 몸 눈사람으로 술 마셔야지.
술잔도 없이
쫓기던 그 님 남긴 술잔도 없이
그 님 사랑보다 먼저 술 취해야지.
술집을 데리고 바다로 나가
모든 사람들의 눈물이 끝날 때까지
가야지.
술동이 머리 이고 술 팔러 가야지.
사랑이 끝난 계집들의
눈 내리는 마을은 삶보다 고요하고
술 취한 사내들이 눈길마다 아름답다.

어머니

강 건너 도망가는 어머니여.
아버지도 모르는 탯줄 달린 아기를 강바닥에 내던지고
남몰래 보따리 들고 집 나가는 어머니여.
곁눈질을 하면서 방탕한 아들들을 버리고
죽은 아기의 맑은 웃음이
강가에 쓰러진 사람들을 일으키는 이 새벽을 버리고
이제야 버림받을 줄 알게 되어서
마지막 눈물이라 생각하여서
달빛 속을 코고무신 끌며 도망가는 어머니여.
단 한번도 이 세상 슬픔을 달래보지 않으시고
결코 사랑 위해 피 흘리지 않으시고
부끄러워 벌거벗은 바람난 어머니여.
새벽별 야윈 등을 두드리고 지나갈 때
철길을 따라 들꽃을 꺾어
옷고름에 바늘처럼 별빛을 꽂아
풋머슴들 풋사랑에 방황하는 어머니여.
강 건너 치마 밑을 숨어 다닌 바람둥이
거짓말로 당신을 사랑하신 아버지를

못 잊어 돌아 우는 황폐한 어머니여.
새벽 강가에 버려진 처녀의 아이들은
봄밤에 술 취한 사나이마다 아버지라 부를지니
옷보따리 꼭 끼고 도망가는 어머니여.

서울역에서

함박눈 맞으며 창녀나 될걸.
흘린 피 그리운 사내들의 품을 찾아
칼날 같은 이내 가슴 안겨나볼걸.

사랑은 엄살이니까
쫓겨온 그리운 고향이니까
주무시고 가세요 아저씨.
아저씨의 삶은 피곤하지 않으세요?

거리의 쓰레기통마다 별빛이 내릴 때
밤목련 지는 소리 홀로 들으며
오늘밤 사는 놈만 불쌍하다 흐느끼는

저 젊은 나그네를 따라가요 아저씨.
눈물은 희망이니까
봄밤에 개미 한마리 죽인 우리들의
통곡은 희망이니까
술집마다 거짓말들만 술 취하는 거리에서

자고 가요 아저씨, 말씀해주세요.

우리들은 어디로 가고 있어요?
사람들은 모두 다 산으로 올라가고
남몰래 동상들만 울고 서 있잖아요.

몸 파는 여자들만 봄을 기다리도록
동해 위를 촛불 들고 걸어가요 아저씨.
슬픔을 사랑할 수 있을 때까지
보리피리 불면서 보리밭길 걸어요.

사랑은 절망이니까
절망은 사기이니까
첫눈을 밟으며 창녀나 될걸.

소록도

나를 문둥이라 불러다오.
그리움이라 부르지 말고
해 저문 어느 바닷가
끝없이 홀로 헤매는 문둥이라 불러다오.

거짓보다 죽음에 가까운
사랑하는 일은 이제 버렸으므로
총 맞은 진달래를 꺾어 바다에 내던지고 말았으므로
영원히 풀잎 위에 모여 앉아
바다를 기다리는 문둥이라 불러다오.

오늘밤 바닷가는 문둥이들의 달밤.
파도 속에 벗어놓은 내 속치마와
잠들지 못하는 내 눈물은 돌려주고
바다가 보이는 언덕을 함께 넘으며
풀을 베다가 빼앗긴 내 희디흰 고무신은 돌려주고

제발 나를 문둥이라 불러다오.

기다림이라 부르지 말고
총 맞은 진달래 꽃잎 더미에 홀로 파묻혀
춤추는 문둥이라 불러다오.

눈물

헤어짐을 위하여 눈물을 깎는다.
눈물이 뗏목처럼 떠오른 침묵의 강가에서
둥글게 둥글게 깎아낼수록
오히려 다른 사람 눈물이 깎인다.

오늘도 기쁨의 나보다는
슬픔의 내가 더 둥글다.
당신들은 나에게 또 돌을 던지고
완벽하게 침몰하는 물결을 헤아려본다.

나는 왜 나를 단 한번도
눈물로 배반하지 아니했는지
당신들은 눈물로 왜 한번도
잃은 자의 순결을 씻어주지 아니했는지

어두운 숲 골짜기에서 굴러내리는
눈물의 통나무를 쪼개면 쪼갤수록
그대 사랑은 먼지만 남고

헤어짐을 위하여 먼지만 남고

나는 오직 눈물의 향기만 어루만진다.
방황하는 들풀처럼 울어주던 이웃도 없이
빈 땅을 지키며 눈물을 쪼개어
뗏목처럼 바다에 홀로 띄운다.

새벽에 쓴 편지

근심하라.
내일 일을 위하여 근심하라.
이 세상에는 지금
새벽 골목길을 헤치며 가는 오직 한사람
그 싱싱한 사내를 만날 수 없나니

염려하라.
진실로 우리에게
웃을 수 있는 시간과
행복해질 수 있는 시간이 아직 없나니
버림받은 사람 중에서
가장 버림받기 위하여

순결하고 순결하라.
사랑이 아닌 자를 사랑이라 부르며
사랑하지 않는 백성들을
내 사랑하는 백성들이라 부르며
비굴을 위하여 몸 바친 그대들은 근심하라.

영원한 봄밤을 기다리며
홀로 울던 그분은 죽었나니
모든 사람들을 위하여 죽어
이 세상 모든 사람들이 죽었나니

밤모란 피는 소리 홀로 들으며
달빛에 드러난 저 개미떼를 따라
봄밤이 올 때까지 진실로
염려하라.
내일 일을 위하여 염려하라.

봄편지

무악재를 넘으며 너는 오라.
그 누구도 원망할 수 없는 봄밤에
우리들 슬픔의 해방을 위하여 오라.
그리움과 목마름 그 수군거림을 떨치고
사육신 묘지 앞을 기웃거리다가
낚시꾼이 별을 낚는 한강을 건너
무악재의 개나리로 피어 오라.
어디론가 끌려간 내 벗들을 거느리고
새벽 거리에 쌓인 순결의 쓰레기 더미를 지나
젊은 넝마주이의 꿈으로 오라.
지난겨울 연탄불을 피워놓고
홀로 죽은 내 아버지의 최후를 위하여
가발공장 기숙사 담벼락에 깔려 죽은
어린 소녀들의 밝은 웃음소리를 위하여
고층빌딩 유리창을 닦다가 떨어져내린
애통한 청년의 빈 술잔을 위하여
이 불행한 우리들의 애인을 위하여
너는 반드시 새벽 봄길로 오라.

안기면 안길수록 꽃잎이 되는 너의 가슴을 열고
무악재를 넘으며 개나리를 헤치며
너는 마침내 오라.

쥐

누가 뿌려놓았나 쥐약을 먹고
타누나 온 들녘 억새꽃 타누나.
남몰래 숨어들어 밤말 훔쳐듣다가
떨어지는 그믐달 갉아 먹다가
누가 섞어놓았나 쥐약을 먹고
눈 까집고 우물가에 머릴 처박고
죽을까 죽을까 굳게 굳게
몸은 죽고 그림자만 살아 살아
타누나 쥐구멍 달빛에 타누나.
웃으면서 속이면서 껴안으면서
온 마을 집집마다 쥐약 놓는 자
마침내 새벽 눈물 마를 때까지
쥐틀마다 문을 열고 기다리는 자
도둑고양이 앞세우고 걸어오누나.
낮말은 들새들이 들을지라도
지붕쥐는 지붕에서 들쥐는 들녘에서
누가 뿌려 섞었나 쥐약을 먹고
타누나 쥐똥 타듯 별도 타누나.

백정의 피

붉은 달이 한 창녀의 뒤를 따라가고
그 창녀의 뒤를 한 오입쟁이가 따라간다.
그 오입쟁이의 뒤를 한 주정뱅이가 따라가고
모든 그들을 뒤로하고
한 백정이 쓰러졌다.
사람들의 사랑도 잠든 이 밤에
피의 막걸리에 취한 가슴을
죽은 소가 달려와 받아넘겼다.
붉은 달도 뿔에 찔려 나동그라지고
창녀의 긴 골목도 알몸으로 쓰러졌다.
들판으로 들판으로 달려가는
성난 소의 두 뿔에
칠칠칠 붉은 달의 피가 흐른다.
쇠고기를 먹는 사람들 입에
씻어도 씻어도 묻어 있는 백정의 피
칠칠칠 흐르는 도끼의 피

목숨과 안경

저린 가슴 태우며 재가 된 채로
내가 처음 죽고 싶다 말하였을 때
내 변사체가 안경 끼고 걸어서 왔다.

나는 그래도 살아보려고 안경을 끼고
목숨 위에 검은 테 안경을 끼고
가로수에 새긴 손톱자국도 지워보았다.

가로수를 지나서 길을 가다가
금 간 안경알을 홀로 닦다가
오늘 내 변사체를 들여다보니
내 목숨은 외로운 근시(近視)이었다.

밤이면 녹두밭 가는 녹두 뿌리 되어
녹두 뿌리에 녹아내린 봄눈이 되어
내가 처음 살고 싶다 말하였을 때
내 변사체는 부끄러워 저 캄캄한
안경 속으로 숨어서 갔다.

산이 여인에게

여인이 맨발로 산속을 달린다.
산이 여인을 뒤따라 달린다.
달리다가 여인이 양산을 편다.
산이 양산 속으로 기어들어가
여인의 어깨를 껴안고 달린다.
기차는 산허리를 기어오르고
여인이 양산을 접쳐 던진다.
내던져진 양산 속에 산이 접힌다.
부끄러워요 부끄러워요 부끄럽단 말이에요.
달아나며 여인이 산을 쓰러뜨린다.
알몸 위에 알몸 위에 소나기가 퍼붓는다.
산짐승이 여인의 젖가슴에 포개진다.
여인의 열린 입술 속으로
계곡의 부푼 물이 콸콸 흐른다.
산허리를 돌던 기차는 사라지고
여인이 한마리 산새 목을 조른다.
나무꾼이 내려오다 양산을 줍고
여인은 울면서 마을로 돌아간다.

페스탈로치

그는 울 엄매 젖꼭지만큼 달콤한 눈깔사탕이다.
푸른 보리밭 물결 뽑아 불었던 보리피리이고
논두렁 벼메뚜기 잡던 신중한 손놀림이다.
발가락 삐져나온 고무신 신고
가을바람 불듯 달려 일등한 복동아
그는 대운동회 날 펄럭이던 만국기이고
교장선생님 선창한 힘찬 만세 소리이다.
교단을 떠나시는 교장선생님 맑고 맑은 눈물이다.
지붕 위 가을 박 따 낮달 만들고
겨울밤 보름달 불러오던 그 사랑이다.
젖 뗀 송아지 기다리는 바랭이풀들의 기다림이다.
아침마다 키를 쓰고 찾아오는 능골 순희야
그는 네가 얻어간 한움큼 소금이고
두레상 위 따끈따끈한 한대접 숭늉이다.
채송화 꽃씨를 홀로 받다가
잠깐 허리 편 울 할배처럼
풍년초 신문지에 똘똘 말아 피우다가
냇가에 버려진 병 조각 줍는

그는 문득 아이들 배꼽에 내리는 소나기이다.

제5부

출감

어머니
감옥에서 나오실 때 첫눈 내렸다.
내린 눈 뭉쳐서 잡수시다 돌아서서
눈 맞으며 수갑 채워져 끌리어가는
웬 청년의 뒷모습을 바라보셨다.
어머니 첫눈 뭉쳐 청년에게 먹이고
수갑 찬 언 손을 마주 비벼주실 때
감옥의 높은 담을 끼고 돌아가는
코고무신 발자국마다 새떼 되어 날았다.
지난해 첫눈 펑펑 내리던 날엔
어머니 감옥에서 아길 받았다.
젊은 여죄수가 어머니 손 꼭 잡고
감옥에서 첫아이를 순산했었다.
어머니
감옥에서 나오시는 이 겨울 집집마다
숯불 피워 재 덮어서 알밤을 굽고
아이들은 골목마다 눈사람을 세웠다.
어머니 눈사람으로 서 계시다가

눈사람 녹은 물로
감옥의 우물 속에 깊이 흘러가셨다.

벼꽃

월남 간 오빠는 오지 않았다.
벼꽃은 피고 패고 또 피는데
오늘도 이기고 돌아오지 않았다.
사람들은 낫을 들고 빈 들로 나가
자작나무 가지들만 툭툭 자르고
홀에미는 논두렁에 주저앉아서
피 흘린 송금(送金)만 이야기한다.
벼꽃이 필 때 떠난 오빠야
자랄수록 도끼질 낫질만 하고
온 거리 돌며 돌며 넝마 줍던 오빠야
동란에 잃은 아들 찾아 헤매던
애비들도 이젠 다시 돌아오지 않고
놋그릇 빼앗기고 하늘 한번 쳐다보던
방공호에 파묻히신 외할머니도
송이버섯 따러 가서 끝내 오지 않았다.
나락단 움켜쥐고 가을 하늘 후려쳐도
이른 새벽 부산항을 울며 서성여도
이기고 돌아오지 않는 나의 오빠야

벚꽃은 피고 패고 또 피는데
우리는 아직 피난민이다.
달리던 남하(南下)의 피난열차 지붕 위에서
날마다 수없이 떨어져내리고
무너진 철교 위에 매달려 있다.

뽕밭

일평생 맑은 고치 하나 만들기 위해
점순이는 뽕밭 뽕밭길로만 걸어가고
눈물 많은 할머님 명주수건 하나 마련키 위해
점순이는 뽕밭 아지랑이만 따라갔다.
콩서리 밀서리 감자서리 가는
순자네들 곁을 호올로 떠나서
한꾸러미 명주실 같은
할머님 쉰 머리올 참빗질해드렸다.
그해 구장네 뽕잎을 몰래 따다가
해질녘 알몸으로 알몸으로 달아나
뽕밭에서 죽어간 병사들처럼
점순이는 밤새워 흐느끼었다.
코뚜레 뚫고 송아지도 음메에 흐느끼었다.
그날 오밤중 뽕밭엔 천둥 번개 무너져내려
할머닌 뽕밭 하늘 푸른 까치연 그리다가
호롱불 끄고 누워 고치 되셨다.
오늘 보름밤
뽕 따는 점순이 치마폭에

누에실 같은 달빛이 그득하다.

용팔은 아버님 흰 고무신 한켤레 사들고 지나가고

뽕나무 가지마다 걸린 달빛이

누에가 실을 뽑듯 실을 뽑는다.

낡은 명주수건 흰 눈물 자국

부스스 달빛에 일어서고

뽕 칼날에 번득이는 누에의 어머닌

붉고 붉은 옷고름 피를 토한다.

점순이, 옥색 코고무신 신고픈 점순이,

오늘밤 누에는 달을 먹고 깊이 잠들고

할머닌 해를 열고 잠령(蠶靈) 되셨다.

아침마다 뽕잎 위 이슬로 앉아

오늘 아침 이슬 속 푸른 뽕밭길

할머님 붉은 명주 베갯잇 하나.

감자

할머님 눈물로 녹슨 호미로
새알만큼 자란 풋감자를 캐어내면서
학도병으로 떠나던 형님의 마지막 눈빛 속
그 자줏빛 돼지감자를 캐어내면
아득한 총성이 들린다.
한알의 감자를 캘 때마다
단 한발의 먼 총성.
햇감자값이 오르리라는
피난민의 감자밭에
동란의 짙은 화약 냄새가 퍼진다.
호미는 썩은 감자의 눈을 후비비며
감자밭에 죽어 나자빠진 병사들의
낯익은 혼을 캔다.
올 한해 감자 속에 홀로 숨어서
그 어두운 뿌리혹에 촛불을 켜고
나는 그들의 고향까지 동행하였다.
지난봄 감자눈 속에 몰래 숨어
감자꽃처럼 피어나던 병사여.

지금은 문둥이가 된
감자꽃 같던 나의 누부여.
남몰래 돌아서서 우는
내 그림자의 등어리에 엎드려라.
괭이를 내던지고 달아난 머슴이 총을 겨누고
감자 캐던 할머니를 쏘아뜨렸다.
할머님 눈물로 녹슨 호미로
새알 같은 풋감자를 캐어내면
썩은 군화 한짝이 걸어나온다.
동란에 잃은 한쪽 다리를 찾기 위하여
날마다 목발로 감자밭을 걸어나오는
아버님 헐렁한 바짓가랑이 하나.

이장(移葬)

달을 열고 달 속으로 들어간 할매 품을
해를 열고 해 속으로 들어간 할배 품을
아버지는 구름 몰아 흘러들다가
쫓겨나온 낮달만 낮달만 바라본다.
낮달이 흘리는 맑은 눈물이
할머니 처음 만난 소나기 되어
능금나무 가지마다 대롱대롱 달리다가
할배 할매 무덤 속을 퍼붓고 있다.
할머닌 달빛 하얀 무덤 속에서
대들보에 목매단 순네를 만나
우물 속에 풍덩 빠진 꽃분일 만나
밤새워 부둥켜안고 달이 되었다.
대한문(大漢門)에 거적 깔고 울어대던 삼돌이를
말발굽에 편자 박고 장길 가던 쇠똥이를
부둥켜안고 할아버진 해가 되었다.
이른 새벽 아버지는 산 위에 올라
할머니 호미 들고 달을 캐었다.
할아버지 괭이 들고 해를 캐었다.

할머니 목관 속에 그득 찬 하얀 달빛
할아버지 석관 속에 그득 찬 붉은 햇빛
콸 콸 콸 콸 봇도랑 봇물 흐르듯
희디흰 두루마기 은하물로 흘러갔다.
할머니 머리칼에 한올 남은 달빛을
할아버지 금니에 한올 남은 햇빛을
지게 지고 아버지는 산을 내려와
별을 열고 별 속으로 들어가셨다.
나뭇단 등짐 지고 할아버지 내려올 때
낮별은 사립문까지 뒤따라왔다.
할머니 물동이 이고 능금밭을 돌아올 때
새벽별은 섬돌까지 뒤쫓아왔다.
별에 부는 바람 따라 별을 내려와
별빛 깎인 벼랑에서 아버지는 날 데불고
우리 뼈도 별에 가서 묻혀야 한다.
할매는 달이 떠서 달이 지듯 살았다가
할배는 해가 떠서 해가 지듯 살았다가
오늘밤 별 속으로 별 속으로 걸어가고

누구뇨, 별똥별 눈물처럼 떨어지는
여름밤 별자리 따라 나는 돌아누웠다.

경주 할머니

닭모이 뿌리실 때
구구구 뿌리신 눈물을 밟고
계림숲 그늘로만 걸어가신 할머니
새벽별 내려와 깊이 잠들면
첨성대에 홀로 앉아 계셨습니다.

매춘(賣春)

옥양목 옷보따리 보리밭에 내던지고
보리밭에 숨어서 봄밤을 팔아
버선발로 뛰어오는 봄비를 팔아
치마끈 풀고 오는 봄바람을 팔아
누이는 눈 파이고 귀를 잘리고
군데군데 보리밭은 쓰러지고
빨가벗고 빨가벗고 보름달은 도망가고
쇠버짐 마른버짐 번지는 이 땅
능골 논마지기 빚값에 팔아
송아지 핥아주던 어미 소 팔아
상투 깎고 통곡하던 할배도 팔아
꽁치 두마리 사들고 오던 애비도 팔아
누이는 소나무에 명주댕기 걸어놓고
벗으세요 벗으세요
군데군데 보리밭은 나뒹굴고 나뒹굴고
종다리 치솟는 아지랑이 팔아
호롱불에 하늘대는 젖가슴 팔아
호롱불은 넘어지고 보리밭은 타올라

활활 타올라 누이는 미쳐
실꾸리 반짇고리 보리밭에 내던지고

장터

내 아배는 등짐장수.
소금 한짐 등에 지고 장터 따라 떠돌던
내 죽은 아배는 등짐장수.
초승달 지듯 등짐 지고
소금 흘리며 소금 흘리며
장꾼들 오고 간 고갯마루 위에 올라
말똥 쇠똥 나귀똥 달빛에 불질러놓은
죽은 내 아배는 소금장수.
나는 젊은 장돌뱅이.
쌀 한말 감자 한말 보리 닷되 등에 지고
몽당비 처녀귀신 으ᄒᄒᄒᄒ 따라오는
닷새장 새벽 고개 넘어가는 장돌뱅이.
장꾼들 틈에 앉아 소금 뿌리던
죽은 아배 단 한번 만나기 위해
나는 해 지도록 해 지도록 보리 닷되 팔고
장꾼들은 술잔에 떨어지는 별을 마신다.
주안상 홍타령 깊어가는 밤
남사당 처녀 가수 남은 노랫소리에

소주 마신 듯 소주 마신 듯

건갈치 한마리 사들고 재를 넘는

장돌뱅이 긴 달빛 그림자.

달빛에 치마폭 펼치어놓고

쌀 판 돈 소 판 돈 살구어 먹던

작부는 지주 아들 손 잡고 달아나고

흰 소금 뿌리듯 달빛 뿌리며

병천 장터 들끓던 만세 소리 들으며

닷새장 고개 넘는 나는 젊은 장돌뱅이.

물밀듯 장터마다 만세 불렀던

그날 내 할배는 등짐장수.

소금 뿌리며 소금 뿌리며 장터 따라 떠돌던

그날 내 할배는 소금장수.

지게

아비가 머슴이라 머슴이 된 바우는
새벽이면 호올로 지게를 지고
감자바위 새벽달 만나러 갔다.
읍내 장날 장돌뱅이 모여들면은
달빛 한짐 지게 지고 내다 팔았다.
할아비가 머슴이라 머슴이 된 아버지도
새벽 붉은 보름달 지게에 지고
동해바다 아침 해 만나러 가서
주인마님 은장도 뺏어 던졌다.
감자밭 메밀밭 수수밭 사이로 뜬
별을 보고 어머니는 마당쇠 낳고
초승밤 아버지는 상여도 없이
지게 위에 실려가서 초승달로 떴다.
머슴들 낫에 찔려 왜병들 쓰러지던
봄눈 오는 보리밭 이랑 사이로
지게 벗어 내던지고 도망간 마당쇠야
낫에 찔린 도련님이 너를 쫓는다.
앵두나무 대추나무 사시나무 돌아 돌아

밤마다 어머니는 너를 헤맨다.
어미가 종년이라 계집종 된 복순이가
모시밭 사잇길 걸어가다가
물동이에 떨어지는 별을 건진다.
머슴들은 죽은 뒤 새벽달로 떠
복순이 눈썹 위에 앉았다 가고
바우 할배 할아비도 머슴이어서
도끼로 하얀 달빛 내리찍었다.
영감마님 휘두르던 지겟작대에
매 맞고 쓰러져 울던 용쇠야
소양강 나룻배로 떠난 피난길
총 맞은 국군을 지고 날랐던
죽은 아비 죽을 때까지 머슴살이한
지게를 벗어 던져버릴 수 없다.

낫

나에게
녹슨 할배 낫 한자루 버려져 있다.
삼경(三更) 지난 초승달 등에 지고
낫을 갈던 긴 그림자 내려앉는다.
아버님 징용 떠나던 밀밭 이랑 사이로
울며 울며 떼 지어 지나가던
학도병 그 울음소리 내려 깔린다.
낫 놓고 기역 자 모르던 할배는 그날
숫돌에 눈물 뿌리며 낫을 갈았다.
낙동강 언 기슭 쏟아지는 달빛
써억 썩 썩 소작인의 낫을 갈고 갈았다.
흰 대님 하늘에 풀어 날리고
나는 들에 나가 푸른 꼴을 베어야 한다.
꼴을 베며 죽은 할배 만나야 한다.
낫을 등지고 떨어지는
적삼빛 저 노을을 바라보아야 한다.
우리 할배 무딘 낫날 흐느끼기 전에
대장장이 오랜 손힘 굳어가기 전에

나는 들에 나가 낫을 들지 않을 수 없다.
낫질을 할 때마다 송아지 뿔은 자라고
소나기 뒤 낫날에 무지개가 아롱진다.
저녁나절 꼴을 지고 산을 내려와
나는 낫을 들고 우물 속을 들여다본다.
할배가 내 낫을 빼앗아 들고
지주들 푸른 하늘 잘라버린다.
숫돌에 피눈물 솟아 흐르고
삼경 지난 달빛 솟아 꽂힌다.
아버님 징용 떠난 밤하늘 높이
자루 빠진 낫 하나 버려져 있다.

아버지의 무덤

새야
아파트 지붕 위에 앉은 참새야
내 아버지 무덤 위에 날아 앉았다오.
싸우는 남의 나라 돌아와보니
아버지 외로운 무덤 있던 이 자리
흰 아파트 한동만 늠름 서 있네.
자라도록 도끼질 낫질만 하던
죽을 때 눈 못 감고 죽은 아버지
살아 살아 돌아왔다 큰절 올리게
햇살 푸른 낫을 들고 성긴 풀 베게
새야
배고파 우는 도시 참새야
두번 죽은 아버지 무덤 안을 날아다오.
탱자나무 가시 찔려 흘린 피까지
흐르는 시궁창 이 도시 변두리
해마다 거름 붓던 개똥참외밭
자는 무덤 밀어버린 자는 누구냐.
날마다 찾아오는 일수쟁이 피해

배고픈 염소 따라 아버지 손 잡고
밀기울 얻으러 떠나던 이 길
전당포 문 앞 지나 식품점 지나
성묘 간 사람들은 돌아오는데
달아
빚쟁이 얼굴 웃는 살찐 달아
내 아버지 무덤 속을 비추어다오.
아파트 옥상 위 저 밝은 추석달아

사격장에서

사격장 산마루에
총 맞은 소나무 흐느끼었다.
소나무 밑동마다 숭숭 뚫린 총구멍
흘러온 달빛 한줄기 흐느끼었다.
총알이 반딧불처럼 쏘다니는 그믐밤
산지기는 별을 보며 목메 울었다.
여우고개 넘어가다 픽픽 쓰러진
병사들은 밤이면 별이 되었다.
날마다 사격장에 납작 엎드려
내가 쏜 총알도 별이 되었다.
강원도 보리밭의 가늠구멍아
너는 저 피난민의 달을 보느냐.
피 젖은 잠방이 빨아 말리고
햇보리 끓여 먹던 모닥불을 보느냐.
강원도 감자밭에 죽어 나자빠진
병사들의 마지막 움켜쥔 감자잎 몰래
나는 이제 그믐달을 겨냥할 수 없다.
오동나무 장롱 속 깊숙이 챙겨넣은

임종하던 할머니 맑고 맑은 눈빛 몰래
그믐달 내려앉은 하얀 보리밭
잘 자란 보리 목을 겨냥할 수 없다.
봄날 사격장 산등성이엔
아이들이 나물 캐듯 총알을 캔다.
동란의 탄피 줍는 아이들 귀에
엿장수 할아버지 가위 소리 들린다.
아지랑이 피는 총구에 진달래 꽂고
나는 홀로 사격장을 돌아나왔다.
밤이면 산지기는 호올로
삼태기에 별똥별 주워담았다.

첨성대

할머님 눈물로 첨성대가 되었다.
일평생 꺼내 보던 손거울 깨뜨리고
소나기 오듯 흘리신 할머니 눈물로
밤이면 나는 홀로 첨성대가 되었다.

한단 한단 눈물의 화강암이 되었다.
할아버지 대피리 밤새 불던 그믐밤
첨성대 꼭 껴안고 눈을 감은 할머니
수놓던 첨성대의 등잔불이 되었다.

밤마다 할머니도 첨성대 되어
댕기 댕기 꽃댕기 붉은 댕기 흔들며
별 속으로 달아난 순네를 따라
동짓날 흘린 눈물 북극성이 되었다.

싸락눈 같은 별들이 싸락싸락 내려와
첨성대 우물 속에 퐁당퐁당 빠지고
나는 홀로 빙빙 첨성대를 돌면서

첨성대에 떨어지는 별을 주웠다.

별 하나 질 때마다 한방울 떨어지는
할머니 눈물 속 별들의 언덕 위에
버려진 버선 한짝 남몰래 흐느끼고
붉은 명주 옷고름도 밤새 울었다.

여우가 아기 무덤 몰래 하나 파 먹고
토함산 별을 따라 산을 내려와
첨성대에 던져놓은 할머니 은비녀에
밤이면 내려앉는 산여우 울음소리.

첨성대 창문턱을 날마다 넘나드는
동해바다 별 재우는 잔물결 소리.
첨성대 앞 푸른 봄길 보리밭길을
빛쟁이 따라가던 송아지 울음소리.

빙빙 첨성대를 따라 돌다가

보름달이 첨성대에 내려앉는다.
할아버진 대지팡이 첨성대에 기대놓고
온 마을 석등마다 불을 밝힌다.

할아버지 첫날밤 켠 촛불을 켜고
첨성대 속으로만 산길 가듯 걸어가서
나는 홀로 별을 보는 일관(日官)이 된다.

지게에 별을 지고 머슴은 떠나가고
할머닌 소반에 새벽별 가득 이고
인두로 고이 누빈 배동정 같은
반월성 고갯길을 걸어오신다.

단옷날 밤
그네 타고 계림숲을 떠오르면
흰 달빛 모시치마 홀로 선 누님이여.

오늘밤 어머니도 첨성델 낳고

나는 수놓은 할머니의 첨성대가 되었다.
할머니 눈물의 화강암이 되었다.

아버지의 눈물

끼니마다 감자꽃 메밀꽃만 따 먹다가
고구마밭 고구마만 몰래 캐어 먹다가
싸전 앞 가마 더미 쌀알로 뒹굴다가
머슴들 찍어 먹던 청소금이 되었다가
오징어배 떠나간 벼랑 끝에 남아 있는
흰 고무신 한켤레 찾아 신고 걷다가
첫날밤 피 흘리던 보름달 빠져 죽은
우물 속에 무덤 속에 소나기로 퍼붓다가
숫돌 위에 내려앉아 푸른 낫을 갈다가
밤비 따라 한밤 내내 한강물에 빠지고
새벽 공동수돗가 빈 물통 속 담겼다가
사글셋집 양철지붕 우박으로 때리다가
지게꾼이 주워 피운 꽁초 위에 젖어 울며
한국은행 분수보다 먼저 솟아오르는
아들놈 총 들고 떠나간 바다.

사육신의 한사람

우리들은 너를
사육신의 한사람이라 부른다.
가을 노량진 빈 강변을
새벽이면 홀로 눈물 뿌리며
우리들의 이름을 부르며 걸어가는 너를
질경이풀을 뜯으며 우리들은
사육신의 한사람이라 부른다.
풀섶을 헤치며 이슬을 따내며
한마리 송장메뚜기의 뒤를 따라
우리들은 네가 무릎으로 가는 길
진실로 외로운 모랫길을 걷는다.
가도 가도 눈물 젖은 강모래들이
끊임없이 울고 가는 너를 따르고
우리들은 너를 일생 동안 바라보며
사육신의 한사람이라 부른다.
홀아비풀 쥐꼬리풀 바늘풀들이
사람 살려!
일제히 외치며 흔들린다.

눈사람을 기다리는 시인

박해석

정호승과는 한 십여년간을 같이 울고 웃고 살아왔지만, 나는 이 글을 쓰는 데 있어 그렇게 마땅한 적임자가 아니라는 것을 안다. 그럼에도 내가 감히 이 글을 쓰기로 마음을 정한 것은 정호승과 함께 흘려보낸 그 이십대라는 것이 무슨 빛깔, 어떤 몸짓으로 투영돼 나왔나 하는 것과, 한 청년 시인과의 동반이 내 생의 저 은밀한 다락의 어둠침침한 구석에서 어떻게 빛을 발하고, 어떻게 절망에 치를 떨었으며, 어떻게 허물어져가는 영혼을 다스려왔는가 하는 것을 내 나름대로 확인해보고자 하는 열망에서이다.

그렇다. 나 말고도 누구든지 정호승의 시를 이야기할 사람은 많을 것이다. 이러한 행위가 꼭 바람직한 것도, 또는 응당 치러져야 할 문학적 관습의 찌꺼기가 아닐지라도, 정호승의 시는 누군가 반드시 짚고 넘어갈 만한 가치와 당위성을 지니고 있기 때문이다.

그러므로 내가 여기 무딘 글로써 정호승의 시를 이야기하는 것이야말로 대단히 위험한 발상일 뿐만 아니라, 시인 자신과 독자들에게 퍽 외람된 노릇이라는 것을 먼저 밝혀두지 않을 수 없다.

　정호승을 내가 처음 만난 것은 1967년도 저물어가는 12월 초, 경희대 시상식장에서였다. 그는 그때 전국 남녀고교생 문예현상모집 평론부문에 「고교문예의 성찰」이라는 평론의 당선자로서 나타났다. 지금 얼핏 생각나면서도 가장 강렬하게 내 머리에 떠오르는 것은 그가 제 키만큼 큰 똥구두(군화)를 신고 있었다는 점이다. 예나 제나 한국 남성 표준 신장과는 좀 거리가 먼 친구지만, 당시 그가 신은, 약칠이라고는 전혀 하지 않은 듯한 똥구두가 그의 키를 압도할 만큼 위세당당했던 걸 보면, 아마도 제 깐에는 외모의 취약점을 그런 식으로 슬쩍 까뭉개버리려는 속셈이 있었던 성싶다.

　그러나 내가 그때 그런 그를 대하고 첫번째 투덜거린 소리는 다름 아닌 "저 친구 문학에 단단히 미쳤군" 하는 것이었다. 내심 내가 그렇게 짚고 넘어간 것에는 그럴 만한 이유가 있었다. 지방 소읍의, 그것도 꾀까다로운 기독교 계통의 학교에 다니고 있던 나로서는 운동화 아닌 군화를 신은 그가 좀은 파격적이고 여유만만한 문학청년으로 비쳤기 때문이다. 더욱이 고등학생으로서 한창 문명(文名)을 날리고 다니던 그인지라 나로서는 주눅이 들 만했고 그것의 조건

반사가 그런 식으로 표현되어 나왔음이 틀림없다.

이듬해 대학에 입학해서도 그는 나를 기죽이는 데 남다른 비결을 가지고 있었다. 이번 시집에는 수록되어 있지 않지만, 이를테면 「호적부(戶籍簿)」「탄부(炭夫)들」「기침 소리」「고아원의 아침」과 같은 80~90행이 넘는 장시를 써놓고 나를 부를 때면 나는 또 소리 없이 '이 친구가 도대체 어쩌겠다는 건가' 하는 뻐근함과 전율에 사로잡히곤 했다.

호승이는 언젠가 위의 시들이 "적당히 당시 유행했던 시풍(詩風)을 흉내 낸 철딱서니 없는 것들"이라고 일축하며 침을 뱉었지만, 한편의 시를 위해 끈덕지게 물고 늘어지는 그의 시에의 집착 내지 헌혈은 징그럽고도 끔찍스러운 것이었다.

그에게 있어 징그럽고 끔찍스러운 일이 어디 이것뿐이랴. 지금도 그렇지만 우리는 그때 참으로 가난했다. 명색이 문예장학생이라고 등록금 혜택은 받았지만, 먹고 잘 곳은 어떻게 해서든 우리 스스로 해결해야만 했다. 그 넓은 서울에서 우리들은 사실 잠잘 곳이 없었다. 우리들은 학교 강의실을 전전하며 눈치껏 새우잠을 자야 했고, 이문시장의 싸구려 백반으로 허기를 채워야만 했다. 동향의 친구와 전농동에서 자취를 하고 있던 호승이는 문예장학생 입학 동기인 우리들의 그 꼴을 보는 게 지겨웠던지 한번은 손수 담요 나부랭이를 짊어지고 강의실로 찾아와 동침을 하자는 것이었다. 우리는 네놈이라도 좀 편히 자라고 타일렀지만 막무가내였다. 그날밤 우리는 호승이와 몇잔의 소주로 몸을 덥히고, 108 강의실에서 촛불을 켠 채 밤을 지새웠다. 다음 날부터 우리 무숙자(無宿者)들은 호승이가 가져다준 담요를 교단 밑에 숨겨놓고 제법 호강을 누렸다. 간혹 학교 수위하고 다투는 일도 있었지만 지방 학생임을 강조하고 으레 막걸리에 취해 밤늦게 기어들어오는 우리들을 그리 야박하게 내쫓지는 않았다. 막벌이꾼들을 상대로 하는 어느 식당의 식권을 미리 사서 매식하던 호승이의 밥도 우리들은 어지간히 많이 뺏어 먹었으며 호승이는 점심을 굶고 시를 쓰는 일도 많았다. 우리들의 이 짓거리가 한 치과대학생의 호의로 청진동 어느 골방으로 정착(?)하게 된 것은 그해 9월이었는데, 이왕 이런 이야기가 나온 김에 또 하나 밝혀두고 싶은 일화가 있다.

그것은 '시인 서정주 화형식'에 대한 일이다. 역시 밤마다 강의실을 전전하며 들개처럼 쏘다니던 그 시절의 일로 봄기운이 완연한 5월 초, 어느 오후가 아니었던가 한다. 지금 총장 공관이 서 있는 고황산 중턱의 진달래 철쭉 더미 속에서 미당 서정주를 불살라버렸다는 이 기막힌 이야기는 지금도 만나기만 하면 웃음이 찔끔찔끔 나오게 만드는 묘한 마력을 가지고 있다. 문학에 뜻을 두었던 우리들 다섯명 중 누가 서정주 화형식을 제의하였는지, 어찌어찌하여 의

기가 투합되었는지 잘 모르지만, 우리들은 호주머니를 털어 붓과 먹물과 모조지를 사들고 진달래 만발한 산속으로 들어가 아무렇게나 서정주를 그리고 담뱃갑에다 한 친구가 쓴 식순에 따라 서정주 화형식을 거행했다. 맨 먼저 지하에 계신 작고한 선배 시인들에 대한 묵념으로부터 시작한 우리들의 화형식은 참으로 엄숙하고 진지하기 이를 데 없었다. 서정주가 재만 남고 더이상 탈 것이 없자 우리들은 만세삼창을 하였으며, 일제히 바지춤을 까내리고 방뇨로써 모든 식을 끝마치고 산을 내려왔다.

왜 그따위 지랄발광 같은 짓을 했는지는 지금도 어리둥절하지만, 곰곰이 따져보면 시인 김수영의 열기에 우리가 자신도 모르게 빠져들었던 여파의 반작용 탓이었으리라. 한창 참여시의 선봉으로 젊은 시인들을 열광시켰던 김수영 시대에, 서정주의 시를 충분히 헤아리지도 못하고 그의 시가 무엇을 노래하는지조차 모른 채 마구잡이로 그를 시의 이단자로 몰아붙인 단순성에 기인한 어리석음이 아니고 또 무엇이었겠는가.

그러나 호승이는 두고두고 이 화형식이 마음에 걸리는지 군에 입대하고부터는 서정주 시집을 찾아 읽고 절판이 된 그의 『서정주 시선』『신라초』 같은 시집을 나한테 빌려다가 군대의 병영 내무반에서 손수 노트에 베껴두고 애지중지하곤 하였다. 그리하여 지금은 호승이보다 훨씬 먼저 서정주를 읽었으면서도 아직까지 그의 시를 제대로 이해하지 못하는 나에 비해, 서정주를 올바르게 꿰뚫어보고 속속들이 자신의 시의 비밀을 털어놓는 호승이가 마침내 어느 술자리에서 이런 고백을 했다.

"내가 시의 운율을 배운 것은 서정주한테서였다"라고.

정호승의 시가 아름답다고 할 때, 그 아름다움은 슬픔을 수반한 아름다움이다. 데뷔작 「첨성대」에서부터 최근의 「맹인 부부 가수」에 이르기까지 그의 시의 점액질은 이와 같은 슬픔의 토양에서만 가능하고 또 남다른 효과를 나타낸다. 그러나 그의 시는 슬픔의 촉매인 한과 그리움 또는 기다림에 얽매여 있지 않고, 오히려 그것을 어디로든 이끌고 가서 그것을 극복하려는 강한 의지를 보여준다. 이러한 의지는 그의 슬픔을 보다 아름다운 슬픔으로 만들고 그 슬픔으로 인해 자칫 섬약하기만 한 우리들 정신의 승리를 맛보게 한다.

그러나 만일에 그가 가난한 사람들을 위해 무작정 동정을 베풀고, 슬픔 때문에 육신을 고스란히 탈진시키며, 울음우는 사람들을 위해 값싼 미소만을 흘린다면 그는 이미 그의 시가 가난한 사람들, 슬픔에 짓눌린 이웃들, 울음 끝에 삭은 뼈로서 걷는 형제들에게 아무런 삶의 가치도 부여해주지 못할 것이다. 이 땅과 하늘 아래 사는 고통과 질곡의 아픔만을 노래하는 충실한 방관자로서 머물고 말 것이다.
그러나 다행히 그는 스스로 자각하며, 우리들을 일깨우며,
또 일러준다. 다음과 같은 시행들을 보자.

> 나는 오늘 새벽, 슬픔으로 가는 길을 홀로 걸으며
> 평등과 화해에 대하여 기도하다가
> 슬픔이 눈물이 아니라 칼이라는 것을 알았다.
> ──「슬픔을 위하여」부분

> 울지 마라 아가야 울지 마라 아가야
> 누가 너더러
> 우리의 동족이 아니라고 그러더냐
> 자유를 위하여 이다지도 이렇게
> 울지도 피 흘리지도 않은 자들이
> 아가야 너의 동족이 아니다.
> ──「혼혈아에게」부분

> 기다려라 부디
> 기다림에 묻은 목마른 먼지를 털고
> 더이상 우리들의 삶을 위하여
> 너는 이제 너 홀로 통곡하지 말아라
> 눈물은 기다림보다 멈출 수 없고

우리들은 눈물로 지탱할 수 없나니

—「무악재」 부분

그는 "슬픔이 눈물이 아니라 칼이라는 것"을 자각하고, '자유를 위하여 울지도 피 흘리지도 않은 자들은 동족이 아니다'라고 일깨우며, "우리들의 삶을 위하여/너는 이제 너 홀로 통곡하지 말아라"라고 일러준다. 그의 이러한 자각, 일깨움, 일러줌은 그러나 한곳에 머무르지 않고, 그 머무름을 딛고 일어서서 우리 서로 속속들이 사랑하자는 열망으로 나타난다.

슬픔을 만나러
쥐똥나무숲으로 가자.
우리들 생(生)의 슬픔이 당연하다는
이 분단된 가을을 버리기 위하여
우리들은 서로 가까이
개벼룩풀에 몸을 비비며
흐느끼는 쥐똥나무숲으로 가자.

—「슬픔은 누구인가」 부분

그리하여 그는 이 사랑의 열망을 완성하기 위하여 과감히 "사랑할 수 없는 것" "용서받을 수 없는 것"을 사랑하고 용서하자고까지 선언한다.

> 갈 길은 먼데 함박눈은 내리는데
> 사랑할 수 없는 것을 사랑하기 위하여
> 용서받을 수 없는 것을 용서하기 위하여
> 눈사람을 기다리며 노랠 부르네
> 세상 모든 기다림의 노랠 부르네
> (…)
> 함박눈은 내리는데 갈 길은 먼데
> 무관심을 사랑하는 노랠 부르며
> 눈사람을 기다리는 노랠 부르며
> 이 겨울 밤거리의 눈사람이 되었네
> 봄이 와도 녹지 않을 눈사람이 되었네
>
> ──「맹인 부부 가수」 부분

그렇다. 정호승은 슬픔의 시인이자 기다림의 시인이다.
그가 구체적으로 기다리는 것은 사람이다. 그것도 "봄이 와
도 녹지 않을 눈사람"이다. 눈사람을 기다리는 그 기다림의
행동에 그의 슬픔의 원천이 있다. 그가 기다리는 눈사람이
과연 무엇인지 우리는 잘 알지 못한다. 그러나 그의 눈사람
은 바로 우리들을 모든 길에서 해방시켜줄 자인 것은 틀림
이 없다.

우리는 이제 사랑의 획득을 위하여 사랑의 포기를 강요하는 그 어떤 것까지도 사랑해야 하며, 어느 한곳에 우리들의 삶을 묻어둘 수는 없다. 삶의 진정한 동반자인 눈사람을 기다리는 우리들의 기다림은 한 개인의 기다림이 아니라 "세상 모든 기다림"의 것. 우리들은 기다림을 위하여 행동의 노래를 불러야 하며 "가슴에 칼을 품은 눈사람"(「눈사람」)으로 어디로든 떠나야만 한다.

이러한 정호승의 기다림의 행동은 바로 그의 시 도처에서 발견되는 '간다' '가겠다' '가야지' '가자'라는 단어에 의해, 그가 어설픈 미래에의 암시보다, 확연한 행위의 소산으로 먼 지평을 열게 해주는 데 있다. 이는 정호승의 시의 앞길을 스스로 밝혀놓은 것 같아 아주 큰 의미를 띠게 한다.

> 내 진실로 슬픔으로 가는 길을 걷는 사람으로
> 끝없이 걸어가다 뒤돌아보면
> 인생을 내려놓고 사람들이 저녁놀에 파묻히고
> 세상에서 가장 아름다운 사람 하나 만나기 위해
> 나는 다시 슬픔으로 가는 저녁 들길에 섰다.
>
> ──「슬픔으로 가는 길」 부분

> 맹인이 맹인을 인도하는 나라의 눈길을 걸어
> 끝없이 새벽 눈길을 걸어

그대 눈 내리는 인생의 눈길 밖을 걸어가라.

—「새벽 눈길」 부분

우리들은 어디로 가고 있어요?
사람들은 모두 다 산으로 올라가고
남몰래 동상들만 울고 서 있잖아요.

—「서울역에서」 부분

아무렇게나 뽑아본 이 시행들은 극히 일부분에 지나지 않는다. 가끔씩은 대칭어인 '오라' '온다고 한다'도 보이지만 빈도수는 '간다' '가겠다'와는 비교가 되지 않는다. 내가 정호승의 시에서 주목하는 것은 바로 그 슬픔과 기다림의 의지에서 수반된 '떠남'에 있다. 나로서는 그가 언제까지나, 얼마만큼, 어디까지나 떠날 것인지 알 수 없으나, 이 세상의 모든 슬픔을 만나기 위하여, 혹은 화해하기 위하여, 시인의 손을 뿌리치고 시인을 배신하는 온갖 것들을 향해서도 그는 영원히 '떠나는 자'가 될 것이다. 비록 그곳이 고향이 아니요, 안주할 장소가 아니요, 우리들의 자유와 평등이 보장된 새벽이 아니라 할지라도, 떠난다는 것은 바로 처절과 혹독과 보다 깊은 사랑을 획득하기 위한 행위가 되므로, 그는 새벽 눈길을 홀로 걸어가는 맹인처럼 떠나고 또 떠날 것이다.

단지 내가 염려하는 것은 그가 이를 성취하기 위한 지나친 조바심과 정신적 부담 때문에 섣불리 자신의 틀 속에 그의 시를 끼워넣으려는 범실을 저지르지 않을까 하는 것과, 앞으로 써온 시들을 약간씩 변용시키면서 별로 새로울 것이 없는 위장된 목소리와 몸짓으로 이 세상을 바라볼 것이 아닐까 하는 이 두 가지이지만 나는 그가 "오직 눈물의 향기만 어루만"(「눈물」)지지 않을 것을 굳게 믿는다.

끝으로 뜻밖의 교통사고를 당한 후의 나의 창망함 때문에 그의 첫 시집을 위한 글이 너무도 초라하고 볼썽사나운 데 대해 미안하고 안타까운 마음 금할 길 없다.

朴海碩 | 시인

1979년에 발간된 첫 시집 『슬픔이 기쁨에게』 개정판을 내게 되었다. 1993년에 첫 개정판이 나왔으므로 이번이 두 번째 개정판인 셈이다. 첫 시집이 발간된 지 36년 만에 다시 개정판을 내게 돼 마치 첫 시집을 내는 듯하다. 첫 시집이 첫사랑과 같은 것이라면 지금의 내 심정이 그러하다.

이번 개정판에는 초판본에 실린 연작시들을 해체시켰다. 하나의 제목으로 묶인 묶음을 다 풀어버리고 작품마다 각기 제목을 새롭게 달았다. 그동안 연작의 끈에 묶여 작품마다 제 역할을 다하지 못하고 있다는 생각이 들어 늘 안타까웠는데 이제 시 한편 한편마다 새 생명을 얻은 듯하다.

이십대에 낸 첫 시집이 육십대가 된 지금도 독자의 사랑을 받고 있어 기쁘다. 예전엔 시를 쓰는 일이 무논에 끊임없이 모내기를 하는 일이라고 생각했는데, 이제는 시의 무논에도 가끔 추수의 계절이 찾아온다는 생각이 든다.

2014년 겨울
정호승

이 어렵고 괴로운 세상을 살아가면서 우연히 나의 시집을 읽는 사람들에게 나는 이 시대의 한사람 시인으로서 얼마만큼 슬픔과 기쁨을 함께 나눌 수 있을 것인지, 깊은 밤 홀로 추위에 떨며 생각하면 할수록 부끄럽고 또 부끄러울 뿐이다.

1979년 2월 13일
정호승

창비시선 19

슬픔이 기쁨에게

초판 1쇄 발행/1979년 3월 30일
개정판 1쇄 발행/1993년 7월 30일
개정 2판 1쇄 발행/2014년 12월 5일
개정 2판 18쇄 발행/2024년 4월 15일

지은이/정호승
펴낸이/염종선
책임편집/윤자영
펴낸곳/(주)창비
등록/1986년 8월 5일 제85호
주소/10881 경기도 파주시 회동길 184
전화/031-955-3333
팩시밀리/영업 031-955-3399 편집 031-955-3400
홈페이지/www.changbi.com
전자우편/lit@changbi.com

ⓒ 정호승 1979, 1993, 2014
ISBN 978-89-364-2724-5 03810